IDÉES

D'UN

VIEUX SCÉNOPHILE

SUR L'INSTITUTION D'UN

TRIBUNAL DRAMATIQUE.

DE L'IMPRIMERIE DE DEMONVILLE.

IDÉES

D'UN

VIEUX SCÉNOPHILE

SUR L'INSTITUTION D'UN

TRIBUNAL DRAMATIQUE,

Sur l'organisation de ce Tribunal et sur la rédaction d'un Code propre à régler ses décisions.

« Zelas domûs tuæ comedit me. »

A PARIS,

Chez { L'Auteur, rue du Faubourg Saint-Denis, n°. 19; Et les Marchands de Nouveautés.

1813.

AVERTISSEMENT.

Au moment où le nouveau Réglement pour le Théâtre Français a été rendu public, l'impression de ce petit ouvrage était déjà trop avancée pour que l'auteur y ait pu insérer les réflexions que lui a suggérées une preuve aussi évidente de l'intérêt que le Gouvernement accorde à l'Art Dramatique, et de l'esprit de sagesse et d'équité avec lequel il sait remédier aux abus nuisibles qui parviennent à sa connaissance. C'est avec bien du regret que l'auteur s'est vu forcé de se restreindre à ce peu de mots et aux deux petites notes qu'il a été à temps d'ajouter dans le cours de son ouvrage.

IDÉES

D'UN

VIEUX SCÉNOPHILE

*Sur l'institution d'un Tribunal Dramatique,
sur l'organisation de ce Tribunal et sur
la rédaction d'un Code propre à régler
ses décisions.*

L ES vrais amateurs de l'art dramatique peuvent-ils rester indifférens aux discussions renouvelées depuis quelque temps dans les journaux et dans différens opuscules, sur les causes de sa décadence et sur les moyens de le relever ? Non, sans doute, et j'en ai pour garant la violente tentation que je ressens de dire aussi tout haut mon avis sur ce sujet ; tentation à laquelle je m'efforce vainement de résister en me répétant,

« Qu'il faut qu'un honnête homme ait toujours grand empire
» Sur les démangeaisons qui lui prennent d'écrire »,

sur-tout lorsqu'il ne possède pas à un certain degré le mérite que l'on exige aujourd'hui le plus rigoureusement des auteurs, je veux dire, les agrémens du style. En effet, quoique depuis près de cinquante ans que j'ai pris ma dernière leçon d'écriture et de grammaire, mon goût pour les arts en général et pour l'art dramatique en particulier, m'ait assez souvent porté à consigner

sur le papier les observations qu'ils me fournis-
saient , ou les idées qu'ils m'inspiraient, ce n'a
jamais été que pour ma propre satisfaction , ou
pour celle de quelques amateurs qui ; lorsque
les pensées leur paroissaient justes , voulaient
bien se contenter qu'elles fussent exprimées avec
clarté. Mon ambition ne se portant pas alors plus
haut , je ne faisais nul effort pour modeler mon
style sur celui de nos grands écrivains , dont
toutefois je sentais et savais apprécier toutes les
beautés ; et , maintenant que je m'expose aux
jugemens du public , avec ma pesanteur et ma
rudesse habituelles..... On ne se corrige plus à
mon âge ! Il faut bien que je la borne encore aux
suffrages du petit nombre de personnes que l'intérêt seul de l'art dramatique engagera à me lire.
Je serai toujours infiniment flatté si cette mino-
rité respectable rend du moins justice au zèle
qui m'a fait me lancer enfin dans la carrière polé-
mique, et je me croirai mille fois heureux si,
en jugeant mes idées utiles , elles m'autorise à
espérer qu'elles se réaliseront un jour. Quant à
ces lecteurs qui ne daignent honorer de leur
attention une nouveauté littéraire, que pour
bercer leur oisive curiosité , ou pour se procurer
le plaisir si doux et si facile de critiquer, je pro-
mets de leur savoir le meilleur gré de celles
d'entre leurs remarques qui seront raisonnables,
et de supporter très-patiemment celles qui ne
seront que vétilleuses ou futiles.

(3)

Après ce petit préambule, qui m'a paru nécessaire, pour qu'on ne me soupçonnât pas de m'estimer meilleur écrivain que je ne le suis, j'entre en matière, et la première question que je crois devoir examiner, puisque c'est d'elle que dérivent toutes les autres, est de savoir si la décadence de l'art dramatique et la dépravation du goût dont on se plaint presque généralement, sont aussi réelles qu'on le prétend, ou bien si ce ne sont que des chimères créées par les esprits chagrins, et adoptées sur parole par les esprits envieux qui regardent comme démontré tout ce qui leur fournit un prétexte pour refuser leurs hommages aux nouvelles productions les plus estimables.

Ceux qui ne veulent croire ni à cette décadence de l'art, ni à cette dépravation du goût, ou qui ont leurs raisons pour n'en pas convenir, citent avec emphase cinq ou six pièces dont le répertoire du Théâtre Français s'est enrichi dans le cours de ces douze ou quinze dernières années, et qui respirent le bon genre (1). Ils font de plus observer la foule qu'attirent encore, chaque fois

____

(1) Il est évident, qu'en fait de comédies, on n'entend parler ici que de celles en cinq actes, qui peuvent être reconnues pour comédies de caractère ou d'intrigue proprement dites. Quant aux comédies anecdotiques et aux marivaudages modernes, ce sont plutôt des essais que des ouvrages, et les auteurs y prouvent en général bien plus d'esprit que de vrai talent dramatique.

1 *

qu'on les représente , les chefs-d'œuvres de Corneille , de Racine , de Molière et de Destouches,
quoique la plupart des spectateurs les aient déjà
lus ou vu jouer assez souvent pour les savoir
presque par cœur. —Voilà vraiment des faits bien
rassurans ! En douze ou quinze ans , cinq ou
six pièces qui se ressentent encore de la bonne
école. Certes, nous pouvons bien nous endormir
avec sécurité à l'ombre de cette forêt de lauriers !
Mais , parlons sérieusement , et convenons de
bonne foi que si , pendant un si long cours d'années , le génie français n'a pu produire en effet
que cinq ou six ouvrages dignes d'être avoués
par Melpomène ou par Thalie , bien loin de nous
en féliciter, nous ne devons les regarder que
comme les derniers éclairs d'un astre près de
s'éteindre. Quant aux pleines chambrées que les
comédiens sont toujours surs d'obtenir de la représentation des chef-d'œuvres de nos grands
maîtres, je ne vois pas que cela prouve rien
en faveur du goût actuel , puisque la représentation de pièces du genre le plus inférieur produit le même effet , toutes les fois que ces messieurs ont également soin d'y aunoncer la réunion
de deux ou trois d'entre eux dont les talens sont
en possession de plaire au public.

On met aussi en question si c'est le goût qui ,
en sé dépravant , a causé la décadence de l'art
dramatique, ou cette décadence qui a corrompu
le goût. Moi qui ai vécu contemporain à cette

révolution littéraire et qui l'ai suivie dans tous ses différens périodes , j'ai cru reconnoître que c'étoit l'art qui avoit reçu la première atteinte, et dont la plaie en s'étendant avoit infecté le goût ; puis, chacun d'eux , par un effet inévitable de leur influence réciproque , a contribué à la dégradation de l'autre. Quoi qu'il en soit, il est hors de doute que le goût est dépravé , que l'art dramatique est déchu , et tous les deux au degré le plus alarmant. Ne désespérons pourtant pas ; le mal , tout grand qu'il est , n'est point encore irréparable ; mais il importe d'en trouver les remèdes et de les y appliquer sans délai.

Il serait beaucoup trop long de rappeler, encore plus de développer les differentes causes auxquelles on l'a attribué , tant avant que depuis le renouvellement de cette discussion , et je n'arriverai pas moins sûrement à mon but , en n'attaquant que la plus funeste , sa destruction devant nécessairement neutraliser toutes les autres.

En vain le drame piteusement sentimental (1),

---

(1) J'avoue que je ne saurais être du sentiment de ceux qui proscrivent sans exception toute espèce de drame, et je crois superflu d'appuyer mon opinion en répétant des raisons déjà tant de fois allégués par tous les écrivains partisans de ce genre. Oui , le drame traité avec la noblesse d'idées, la pureté de versification et la grace de style dont Lachaussée a donné l'exemple , sur-tout si l'on en bannissait le romanesque un peu plus sévèrement que cet estimable écrivain ne l'a fait, mériterait selon moi d'avoir sa Muse

et le mélodrame chamarré des livrées décolorées de tous les différens genres, auraient-ils conspiré la ruine de l'art dramatique, leurs efforts réunis n'auraient abouti qu'à trahir leur ambition absurde et leur charlatanisme mal-adroit, si le public las d'admirer le soleil, toujours dans les mêmes chef-d'œuvres, avait pu le voir briller encore dans un nombre suffisant de nouveaux ouvrages dignes de figurer à côté de ces éclatans modèles.

Par quelle influence fatale ce besoin de nouveauté, qui tourmente incessamment l'esprit humain, l'a-t-il donc contraint à se repaître avidement d'alimens corrompus, à défaut de salubres et de propres à maintenir la pureté de son goût?

Gardons-nous de penser que le génie français ait dégénéré de la vigueur qu'il a déployée dans l'avant-dernier siècle, et dans la première moitié

à part, à laquelle Thalie daignerait quelquefois sourire, et Melpomène ne refuserait pas de prêter, sinon son poignard effrayant, du moins le tissu qui recueille ses larmes augustes. Mais le drame que je honnis et que je voudrais que l'on eût sifflé, hué, conspué dès sa naissance, c'est ce drame en prose, ce drame que je viens de caractériser *piteusement sentimental*; enfin, ce drame *aisé* auquel tout auteur pygmée peut atteindre sans autre effort que de se hisser sur quelques feuillets de roman. Je lui conserverai ce surnom d'*aisé*, pour le distinguer dorénavant de celui que j'admets comme genre, non *mixte*, mais *intermédiaire*, ce qui est fort différent.

de celui qui vient de se fermer, au point de ne pouvoir plus soutenir la gloire de notre théâtre au même degré qu'il a su la porter. Loin de nous pareillement l'opinion décourageante qu'un siècle et demi ait suffi pour retracer sur notre scène toutes les vertus, tous les vices et toutes les foiblesses du cœur de l'homme, ainsi que tous les travers de son esprit, sous tous les points de vue dont tant d'objets aussi variés sont susceptibles ; de sorte qu'il ne reste plus désormais à nos auteurs dramatiques, que la triste ressource de confondre les différens genres, en violant les règles que la raison et le bon goût ont prescrites à chacun d'eux. Il existe, oui, il existe une autre cause de la disette de nouvelles compositions régulières, quoiqu'inspirées, qui seule a fait la fortune du drame *aisé* et du mélodrame.

Cette cause réside dans le mode adopté aux deux théâtres français, pour l'examen et l'admission des pièces, du moins de celles qui sont présentées par des auteurs inconnus ou sans appui. Au chef-théâtre, ce sont douze ou treize tant comédiens que comédiennes qui se rassemblent en comité pour assister à la lecture des pièces et leur accorder ou refuser l'épreuve définitive de la représentation ; au théâtre subalterne, c'est un nombre à-peu-près égal de gens de lettres, ou censés tels, qui composent le comité institué pour la même fin : mais à l'un comme à l'autre, les auteurs non privilégiés sont préalablement obligés de remettre leur ouvrage au secrétaire qui le transmet à un examinateur, en qui l'administration suppose l'infaillibilité infuse comme grace d'état; car ce n'est que sur le rapport favorable de cet oracle, qu'ils sont admis devant l'aréopage (1). On est effrayé des abus aussi nombreux qu'irrémédiables auxquels cette seule formalité préliminaire donne accès.

Si l'examinateur n'est qu'un sot, ce qui enfin n'est pas d'une impossibilité mathématiquement ni même moralement démontrée, il est aisé de juger quels ouvrages lui devront agréer le plus. S'il est doué de quelque discernement, n'est-il pas possible qu'un amour-propre mal placé le lui fasse employer à découvrir les défauts, bien plus qu'à apprécier les beautés des ouvrages qui lui sont soumis? Si lui-même est auteur dramatique, qui peut garantir qu'un sentiment d'envie ne le portera pas à écarter les ouvrages dont il pressentira que le succès pourrait surpasser ceux qu'ont obtenus les siens? Je ne mettrai point au nombre des inconvéniens à redouter dans la

____

(1) L'administration du chef-théâtre prend les plus grandes précautions pour couvrir d'un voile impénétrable la personne à qui elle confie cette importante fonction; celle du théâtre subalterne n'y met pas tant de mystere. Cherche qui voudra, découvre qui pourra le motif de deux tactiques aussi différentes dans des circonstances toutes pareilles; la solution de ce problème me paraît trop peu importante pour l'objet de cet écrit.

supposition actuelle, le calcul de la diminution de ses soirées à part d'auteur, par l'augmentation du répertoire d'un théâtre où ses ouvrages reçus lui paraîtraient déjà trop rarement joués ; un pareil motif est trop vil, pour que j'ose en soupçonner aucun homme de lettres. Cependant, dans chacun des cas supposés ci-dessus, je vois plusieurs bons ouvrages, peut-être même quelques chefs-d'œuvre perdus à jamais pour l'art et pour le public.

Admettons, pour dernière hypothèse, que cet examinateur se trouve miraculeusement constitué de manière à n'être mu par aucun autre intérêt que celui de l'art dramatique, et à réunir en lui seul plus de lumières et plus de goût que tous nos plus judicieux littérateurs ensemble : hé bien, dans ce cas-là même, je ne crains pas d'assurer qu'il serait encore sujet à se tromper fort souvent. Quiconque a pris la peine d'analyser un certain nombre des pièces qui ont obtenu un succès décidé, n'a pu s'empêcher d'en remarquer plusieurs dont il eût été impossible au connaisseur le plus habile, isolé dans son cabinet silencieux, de préjuger l'effet qu'elles ont produit ensuite, lorsque certains traits de détail peu saillans à la lecture, ont reçu de l'optique de la scène la nuance propre à les faire ressortir, et que l'ensemble a été animé par l'action théâtrale ; effet incalculable, mais que l'auteur, ou quelqu'un bien pénétré de ses intentions, peut du moins, au moyen de quelques gestes caractéristiques ou de quelques intonations expressives , faire entrevoir à une réunion d'auditeurs dans laquelle l'impression éprouvée par chaque individu se communicant à la pluralité , il en résulte cette émotion générale qui est le but et , jusqu'à un certain point (1) , la pierre de touche de tout ouvrage dramatique. Si donc il arrivait que ce phénix des examinateurs se crût suffisamment autorisé , par sa seule présomption de non succès , à refuser à des pièces de ce genre l'épreuve moins incertaine de la lecture devant le comité , il se pourrait qu'il privât la scène française de plus d'un ouvrage agréable , et peut-être plus propre à l'honorer que beaucoup de ceux qu'on y revoit tous les jours avec indulgence et même avec plaisir.

Puisque le zèle si pur , les lumières si étendues , et le goût si parfait que j'ai bien voulu supposer dans ce censeur dramatique , ne suffisent pas à rassurer contre l'abus que la trop bonne opinion de soi pourrait l'induire à faire de son pouvoir , combien ce pouvoir est-il plus dangereux encore lorsqu'il se trouve confié à la sottise , ou à l'envie, ou à l'esprit de dénigrement ? Il est donc indispensable de supprimer pour toujours une pareille magistrature.

---

(1) Je dis , *jusqu'à un certain point* , et l'on trouvera la raison de cette restriction dans la note suivante.

Mais, pourra-t-on m'objecter, si l'entrée des comités est désormais ouverte indistinctement à quiconque s'y présentera une pièce à la main, des barbouilleurs de papier, sans aucune connaissance de l'art dramatique, et souvent ne sachant pas même le français, viendront impudemment accaparer les momens si précieux des comédiens et des gens de lettres dont ces comités sont composés.

Je n'ai garde de révoquer en doute le prix du temps d'aucun de ces messieurs, et mon intention est précisément de proposer le moyen le plus sûr d'empêcher qu'il ne soit dépensé en vain.

Je commence par les comédiens ; et, convaincu que l'étude de leurs rôles, les répétitions, les représentations, les détails de leurs costumes, les assemblées administratives, les soins personnels et domestiques, enfin les délassemens nécessaires au maintien des facultés physiques et morales, sont des objets plus que suffisans pour remplir tous leurs instans, je déclare que, ne fût-ce qu'à cette seule considération, il conviendrait de les soulager de la peine de juger les pièces pour lesquelles les auteurs ont, à tout prendre, beaucoup plus besoin de leurs talens que de leurs opinions, quelque lumineuses qu'elles puissent être. Ainsi, sans nier que plusieurs d'entre eux ne soient en état de juger aussi sainement que qui que ce soit, je ferai observer que

eeux-là sont ordinairement en trop petit nombre
pour former majorité dans leurs comités, et que,
de plus, ils sont tous inévitablement soumis par
leur profession à l'influence de tant d'intérêts
étrangers, souvent même opposés à celui de l'art
dramatique, que la régénération de cet art en
France exige qu'ils s'y bornent dorénavant à représenter de leur mieux les ouvrages que des
juges plus compétens et assujettis à des formes
plus propres à prévenir les abus, auront reconnus
dignes de comparaître au tribunal suprême du
public.

On s'abuserait étrangement, si l'on se figurait
que la quantité des pièces de théâtre dont les
comédiens ont la mémoire remplie, leur ino-
cule les connaissances et le goût nécessaires pour
juger du mérite de celles qu'on leur présente.
Moi-même, j'ai cru pendant quelque temps que
l'habitude de jouer les anciennes leur faisait ac-
quérir du moins un tact plus fin et plus sûr
pour discerner dans les nouvelles ce qui est propre à produire l'effet le plus heureux à la représentation (1), mais l'expérience m'a bien dé-

---

(1) Ce tact-là, supposé même qu'ils l'eussent, à moins
qu'il ne fût joint à une connoissance profonde des vrais principes de l'art et à un zèle bien pur pour leur maintien, ne
les rendrait que plus dangereux ; car, ce qui produit le plus
d'effet à la représentation n'est pas toujours le plus conforme
aux vrais principes. Chaque genre ayant ses effets et ses moyens
propres, dès que, par un désir insensé de les multiplier, on

trompé. Que l'on parcoure les annales du théâtre français , et l'on y trouvera presqu'à chaque page quelqu'exemple de la fausseté de leur jugement. Combien de pièces qu'ils avaient reçues avec acclamation et annoncées comme des chefs-d'œuvre , ou n'ont pu soutenir l'épreuve de la représentation , ou n'ont été placées par l'opinion publique qu'au rang des ouvrages médiocres ; et combien d'autres qu'ils avaient rejetées avec dédain , mais que les auteurs ont trouvé moyen de les contraindre à jouer , se soutiennent encore aujourd'hui au second rang , quelques-unes même au premier ! Les volumes où de pareilles bévues sont consignées ne sont plus depuis longtemps sous ma main , et je crois assez inutile d'aller les rechercher pour en extraire les faits les plus marquans , puisque la plupart de mes lecteurs ont pu en observer par eux-mêmes d'au-

---

transporte dans l'un ce qui n'appartient qu'à l'autre, le dernier se trouve appauvri, le premier défiguré, et l'art qui n'existait que par l'ordre et les proportions de ses parties , dégénère en un chaos où rien n'a de forme ni de place déterminée. Voilà précisément ce qui a fait faire à l'art dramatique les premiers pas vers sa décadence ,

« Puis , sur la scène , ô honte du Parnasse !
» Ressuscité le vieux monstre d'Horace ; »

le mélodrame enfin, dont toute la poétique se réduit à ce seul précepte : *Visez à produire beaucoup d'effets*. On voit maintenant le motif de la restriction qui a donné lieu à la note précédente.

tres plus récens , qui prouvent également ce que
je viens d'avancer.

Les comédiens n'ont garde de convenir d'une
vérité aussi peu flatteuse pour leur amour-propre ; mais, craignant que malgré leur dénéga-
tion elle ne prenne trop de crédit dans le public,
et qu'elle n'amène tôt ou tard sa conséquence na-
turelle qui serait de donner aux auteurs des juges
plus capables , ils ont dernièrement consigné
dans un journal leur dernier moyen de défense.
Ce serait, ont-ils dit ou fait dire par leur secrétaire ou avocat, ce serait une injustice aussi
criante , une lésion aussi manifeste du droit sa-
cré de la propriété , d'exiger qu'ils jouassent les
pièces dont ils ne présumeraient pas obtenir un
salaire proportionné à leur travail , que d'obliger
un libraire à acheter un manuscrit dont il ne
jugerait pas que le débit lui fût profitable.

Un peu de réflexion suffit pour sentir que cette
comparaison n'est rien moins qu'exacte , et je
vais prouver qu'elle est fausse en tous ses points.

Les deux théâtres de la capitale , dits théâtres
français , étant les seuls autorisés à y représenter
les ouvrages dramatiques des genres dont il s'agit
ici (1) , doivent être considérés comme deux in-
vidus que le Gouvernement a bien voulu grati-

_____

(1) Je ne mets pas en ligne de compte que le théâtre secon-
daire n'est pas organisé pour la tragédie, et que la haute
comédie est un peu au-dessus de ses moyens.

fier d'un privilége exclusif qu'il peut leur retirer
à volonté ; ainsi, ils ne seraient nullement fondés
à se plaindre, s'il lui plaisait de ne le leur continuer, que sous la condition expresse qu'ils
joueront désormais toutes les pièces qu'un tribunal institué par lui à cette fin aura jugées
dignes de la représentation. Il y a au contraire,
dans toute l'étendue de la France, plus de mille ;
peut-être plusieurs mille libraires tous également autorisés à publier un ouvrage quel qu'il
soit. Aucun d'eux ne peut donc être considéré
comme jouissant d'un privilége exclusif à cet
égard, et rien ne serait par conséquent plus injuste, que d'obliger l'un d'entre eux individuel-
lement à faire des avances pour la publication
d'un ouvrage qu'il ne croirait pas de nature à les
lui rembourser avec quelque bénéfice.

Ce raisonnement est péremptoire, il saisit par
son évidence ; aussi n'est-ce que pour achever de
montrer combien est vicieuse la comparaison
alléguée par les comédiens, que j'ajoute que fort
peu de tragédies et moins encore de comédies
exigent des dépenses assez considérables, pour
que la recette d'une première représentation ne
les couvre pas et au-delà, tandis qu'il y a beaucoup d'ouvrages dont le débit ne suffit pas même
à payer le papier.

Enfin, m'adressant directement aux comédiens même, je leur proposerai l'alternative,
ou d'assurer qu'ils sont plus en état de bien ap-

précier un ouvrage dramatique que les gens de lettres d'un mérite reconnu qu'on leur substitue-rait, et que sur le nombre de pièces sanction-nées par ceux-ci, le public en réprouverait pro-portionnellement plus que de celles qu'ils ont jusqu'à présent jugées dignes de lui être offertes ; ou bien de convenir qu'à tort ils se récrient contre la condition que l'on propose de mettre à la con-tinuation de leur privilége exclusif, puisque cette condition ne leur serait aucunement pré-judiciable. Mais, peut-être vont-ils s'en tenir à la première de ces deux propositions......... Oh, pour le coup ! *risum teneatis amici ?*

Il n'est pas hors de propos de faire observer en outre, que la position d'un auteur drama-tique est sans comparaison plus malheureuse que celle de tout autre, non-seulement par le nombre presqu'infiniment moindre d'entrepre-neurs auxquels il lui est possible de proposer son ouvrage, mais encore par le défaut absolu de moyens pour le faire représenter publique-ment à ses frais et risques, quelque favorisé qu'il soit des dons de la fortune, tandis que tout autre auteur en état de hasarder les avances néces-saires peut, si bon lui semble, publier pour son propre compte son ouvrage par la voie de l'im-pression.

Cette considération ne suffirait pas, à la vé-rité, pour autoriser à retirer aux comédiens le droit d'admettre ou de refuser à leur gré les piè-

ces que les auteurs desirent faire représenter par
eux, si ce droit leur était légitimement acquis :
mais, dès qu'il est évident qu'ils n'en jouissent
que parce que le privilége exclusif dont le Gouvernement a bien voulu les gratifier, pour la
représentation des ouvrages dramatiques des différens genres auxquels leur théâtre est consacré, les a mis à même de s'en saisir; les auteurs
pour qui ce droit est une oppression désastreuse,
tant qu'il est exercé par les comédiens, ne sau-
raient être accusés d'une prétention injuste,
lorsqu'ils demanderaient qu'on le transferât à
juges plus accessibles, plus éclairés et plus équi-
tables.... Que dis-je? ne fût-ce même que pour
l'honneur de l'art, ils devraient le solliciter, et
ils auraient tout lieu de l'espérer d'un Gouvernement réparateur qui, considérant tous les arts
comme des moyens de gloire et de prospérité
pour l'Etat, n'a encore refusé à aucun d'eux, ni
la protection, ni les encouragemens qu'il a reconnus leur être nécessaires (1).

Mais ce n'est pas l'intérêt pécuniaire qui fait
redouter aux comédiens la réforme appelée par
les vœux de tous les vrais amateurs, non moins
que par ceux des auteurs; c'est l'intérêt de leur

____

(1) Le nouveau Réglement pour le Théâtre Français, que
le Gouvernement vient de faire publier pendant l'impression
de ce petit ouvrage, prouve bien évidemment que l'art dramatique n'a pas moins de part que les autres à sa tutélaire et
bienfaisante sollicitude.

orgueil et de leur paresse. Il leur semble si flat-
teur de se constituer juges d'ouvrages d'esprit,
et même de génie, de recevoir d'un air impor-
tant les courbettes et les flagorneries que les auteurs leur prodiguent, et de ne les en payer que
par délais, des dits et des dédits, des exigean-
ces, des caprices, enfin par toutes les explosions
d'une morgue insolente qui croit ne pouvoir
jamais trop se prévaloir de la nécessité où ces
malheureux se trouvent de l'endurer ; il leur
est si commode de laisser reposer leur mémoire
sur ses anciennes acquisitions, et de ne la fatiguer qu'autant qu'ils le veulent bien à en faire
de nouvelles, que peut-être renonceraient-ils
avec moins de regret aux applaudissemens ho-
norables du public qu'à d'aussi douces préro-
gatives.

J'ai déjà donné à comprendre qu'en retirant
aux comédiens une juridiction littéraire qui ne
leur appartient à aucun titre et qui leur sied
au plus mal, il s'agissait d'en investir des personnes plus propres à l'exercer. En effet, le
respect que l'on doit au public commande de
prendre toutes les précautions possibles pour
empêcher qu'on ne trompe sa curiosité par l'an-
nonce de pièces indignes de lui être même pro-
posées, et rien ne peut mieux remplir cet objet
que l'établissement d'un tribunal auquel les auteurs devront soumettre les ouvrages qu'ils aspireront à faire représenter.

Ce moyen a déjà été indiqué par plus d'un écrivain ; mais jamais, du moins à ma connaissance, il n'a été développé de manière à faire sentir combien il serait facile, peu dispendieux, et à quel point il serait utile à la régénération de l'art, ainsi qu'aux véritables intérêts des comédiens eux-mêmes. Voilà ce que j'ai entrepris, et, pour cet effet, non-seulement je tracerai le projet de l'organisation et des fonctions d'un tribunal dramatique, mais je le ferai précéder d'un aperçu de la rédaction du code que je crois indispensable pour régler ses décisions.

Cette dernière idée m'appartient, je crois, en entier, et je ne serais pas fort surpris qu'elle fût tournée en ridicule, sur-tout par ceux dont elle chagrinera l'amour-propre. Que de littérateurs imberbes, dont les chefs-d'œuvre sont encore renfermés dans une graine qui ne germera peut-être jamais, s'estiment pourtant déjà juges infaillibles de toute composition littéraire, et vont en conséquence trouver fort singulier que je prétende donner des lisières au goût des gens de lettres que moi-même j'ai annoncés comme ayant un mérite reconnu ! Combien d'autres !..... Mais, au lieu de m'arrêter à faire l'énumération de mes censeurs futurs, il vaut mieux que je me hâte de leur exposer mes raisons. Or, les voici.

Marmontel et Laharpe qui, chacun de leur côté, ont établi les principes de littérature qui leur ont paru les plus vrais, ne sont pas toujours d'accord entre eux. L'un d'eux s'est donc trompé sur les points où ils diffèrent d'opinion. Tous ceux qui avant ou après ces deux célèbres rhéteurs ont écrit sur cette matière , offrent aussi de fréquentes oppositions , et l'on peut remarquer dans nos journaux que les rédacteurs , non-seulement ne professent pas tous une doctrine uniforme , mais , de plus , n'ont pas constamment la même façon de voir et de sentir. Je dis, *la même façon de voir et de sentir*, car je n'entends parler que des contradictions dans lesquelles ils tombent innocemment , et non de celles qu'on les accuse de se permettre quelquefois pour cause à eux connue. Or , comment se persuader que les membres du tribunal projeté , en supposant que chacun d'eux sans exception ait eu la précaution d'adopter d'avance une poétique quelconque de là tragédie , de la comédie et du drame , puissent , sans s'être aucunement concertés , se trouver tous avoir adopté la même , et que nul d'entre eux ne sera jamais induit à y faire le moindre changement ? D'après ces considérations , j'ai pensé qu'un tribunal dramatique ne pourrait avoir toute l'utilité dont il est susceptible , si la divergence des principes et la fluctuation des opinions individuelles de ses différens membres n'étaient pas restreintes par un code unique qui , renfermant la doctrine reconnue ou du moins admise par tous , serait la règle invariable de leurs décisions.

..Mais , qui pourrait mieux qu'eux-mêmes rédiger un pareil code ?. Il faudra donc qu'ils s'en occupent très-activement. dès le premier jour qu'ils seront réunis ; car ce ne sera qu'après son entier achèvement qu'ils pourront commencer à exercer leurs fonctions de juges.

Afin que ce code porte en lui une autorité capable d'imposer silence aux plaintes et aux réclamations des auteurs même qu'il condamnera , il convient qu'il ne soit , pour ainsi dire ; que le résumé de la doctrine de ceux de nos écrivains les plus estimés qui ont traité de l'art dramatique , soit à titre de rhéteurs , tels que Boileau , le père Rapin , Laharpe , Marmontel et autres , soit à titre d'auteurs rendant compte des principes qui les ont guidés dans leurs propres (1) ouvrages , tels que Corneille , Racine , Voltaire et autres. Or , voici comment je conçois que pourront y procéder les membres du tribunal , lesquels, tant que je les représenterai s'occupant de ce travail , j'appellerai souvent *rédacteurs*.

Dans leur première assemblée, chacun d'eux se chargera de faire chez soi l'extrait d'un des

______

(1) Quoique les auteurs dramatiques soient assez généralement sujets à professer, en pareille circonstance, la doctrine la plus analogue à leur manière particulière, on ne saurait disconvenir que ces dissertations apologétiques ne contiennent presque toujours des observations fort judicieuses , et même quelques principes très-sains.

auteurs, où il aura été reconnu qu'on pourrait trouver des notions utiles sur l'art dramatique ; puis, son extrait fini, il le communiquera à ses collégues, convoqués, et réunis pour cet objet.

Lorsque tous les extraits auront été lus, et une copie de chacun délivrée à tous les autres rédacteurs, ce qui ne devra guère employer plus d'un mois ; ces messieurs conviendront de s'assembler au moins trois fois par semaine, à jours et heures fixes, à l'effet d'établir successivement tous les différens points de doctrine qui devront composer le code dramatique.

Dans ces assemblées, que l'on pourrait appeler législatives, le premier point de doctrine à établir devra nécessairement être une définition claire et complète de l'art dramatique. A cet effet, celui qui aura fait l'extrait de Laharpe, par exemple, lira la définition donnée par ce rhéteur ; puis, le secrétaire alors en exercice, car il devra y en avoir plusieurs (1), mettra par écrit cette définition, au bas de laquelle chaque rédacteur inscrira le plus succinctement possible l'opinion favorable ou défavorable qu'il en aura.

Chaque rédacteur lira pareillement à son tour ce qu'il aura trouvé sur le même sujet dans

---

(1) On verra dans le projet de l'organisation et des fonctions du tribunal, le nombre des juges, des présidens et des secrétaires.

l'auteur dont il aura fait l'extrait , et , après chaque définition , le secrétaire ainsi que tous les rédacteurs feront comme après la première. Ceux qui n'auront rien trouvé sur ce sujet dans leurs auteurs , en feront la déclaration que le secrétaire mentionnera par une seule formule qui les comprendra tous.

Si dans le nombre des définitions lues et enregistrées comme il vient d'être dit, il ne s'en trouve aucune qui ait obtenu la totalité des suffrages favorables , on s'attachera à celle qui en aura obtenu le plus grand nombre , et ceux des rédacteurs qui y auront trouvé quelque défaut , proposeront les amendemens qu'ils croiront convenable d'y faire. Chacun de ces amendemens sera accepté ou rejeté à la plus grande majorité des suffrages , en y comptant celui du rédacteur qui l'aura proposé.

Qu'il soit reconnu une fois pour toutes , que tous les autres points de doctrine seront établis de la même manière que ce premier : ainsi , je m'exempterai de la retracer de nouveau à chacun de ceux dont il me reste à parler.

Il est à propos d'observer aussi que cette définition devra, pour être réputée complète , énoncer , non-seulement ce qui constitue l'essence de l'art, mais encore les moyens qu'il emploie. Ce dernier point ne sera sujet à aucune controverse , puisque chacun sait que ces moyens sont : la pantomine proprement dite , laquelle consiste dans les gestes et dans le jeu de la figure ; la danse , laquelle consiste dans les mouvemens étudiés des jambes et du corps , assujettis aux rhythmes de la musique , qui est sa compagne presqu'inséparable ; la parole récitée , et la parole chantée. Les combinaisons diverses du premier moyen avec un ou plusieurs des trois autres , produisent tous les genres de compositions dramatiques qu'on peut réduire aux six appelés : pantomimes simples , ballets pantomimes , opéras , tragédies , comédies et drames.

Les rédacteurs déclareront que la tragédie, la comédie et le drame sont les seuls genres dont le tribunal soit appelé à s'occuper ; et cette déclaration étant enregistrée , on procédera aux définitions de ces trois genres , en observant que la comédie se divise en deux espèces , savoir : celle de caractère et celle d'intrigue.

Ces définitions étant rédigées et adoptées d'après les formes déjà convenues, il s'agira de déterminer d'abord , quelles sont les parties constituantes de la tragédie , de la comédie et du drame ; ensuite , à quelles règles chacune de ces parties est assujettie ; enfin , ce qu'il faut considérer dans l'exécution ou dans l'ensemble de ces parties , et quelles sont les perfections et les imperfections dont cette exécution ou cet ensemble sont susceptibles.

On voit que la matière commence à se compliquer, et l'on doit m'excuser si, pour la développer autant qu'il en est besoin, j'ose anticiper un peu sur le travail des rédacteurs, en exposant ici les bases que je suppose qu'ils pourraient lui donner. J'y suis d'ailleurs contraint par la nécessité de rendre sensible l'application des principes consacrés par le Code, aux jugemens que le tribunal aura à porter, d'après les formes indiquées dans le projet de son organisation et de ses fonctions. Les rédacteurs adopteront, modifieront ou réprouveront, selon qu'ils le jugeront convenable, tout ou partie de ce que je vais hasarder; je ne prétends ni professer ni prescrire, pas même proposer, et tout ce que j'avancerai ne doit être considéré que comme des hypothèses.

Je suppose donc que les rédacteurs auront consacré dans leur code, que les parties constituantes de la tragédie, de la comédie et du drame, sont :

L'exposition ;

Le sujet ;

L'intrigue ;

Le dénouement.

Je suppose encore qu'ils auront convenablement défini ces différentes parties, et établi les règles auxquelles chacune d'elles est assujettie dans chacun des trois genres ; qu'ensuite, ils auront reconnu qu'indépendamment des règles propres à chacune de ces parties, il faut de plus

considérer dans leur ensemble les différens points
ci-après, savoir :

L'unité de temps et celle de lieu ;

La pureté du langage ;

La versification, si l'ouvrage est en vers ;

Le style ;

L'intérêt d'affection ;

L'intérêt de curiosité ;

La liaison des scènes ;

Les motifs des entrées et des sorties ;

La vérité, la nécessité ou l'utilité des personnages ;

La vérité des tableaux ainsi que des traits de
détail ;

Les caractères ;

Que toutes ces considérations doivent avoir lieu
dans les trois genres : mais que dans la comédie,
soit de caractère, soit d'intrigue, il faut considérer encore le comique ou nerf comique que les
latins appeloient *vis comica* (1).

Je suppose enfin qu'ils auront bien exactement
et bien clairement défini chacun de ces points ;
qu'ils auront aussi, non seulement exposé toutes

______

(1) Si je n'ai pas compris dans cette énumération la terreur
et la pitié qui sont aussi essentielles à la tragédie que le *vis
comica* l'est à la comédie, et qui peuvent même être employées
avec de sages ménagemens dans le drame noble, c'est que
ces deux sentimens ne sont réellement que les derniers degrés
de l'intérêt d'affection exalté par les malheurs dont les personnages sont frappés ou seulement menacés.

les perfections et imperfections dont ils sont susceptibles; mais de plus qu'ils les auront classées dans un ordre analogue à leur plus ou moins d'importance, et au plus ou moins de difficulté d'atteindre les unes et d'éviter les autres.

Au moyen de toutes ces suppositions, il me semble que voilà le Code fait et parfait, du moins autant que j'ai, quant à présent, besoin qu'il le soit, et que rien ne me retient plus de tracer le projet de l'organisation et des fonctions du tribunal auquel il devra servir de règle.

Ce tribunal, étant un tribunal littéraire, doit nécessairement être composé de gens de lettres, et j'aime à me persuader que l'espèce de magistrature à laquelle je les appelle leur paroîtra bien plus honorable qu'onéreuse, et qu'ils trouveront dans l'exercice de leurs nouvelles fonctions une agréable diversion à leurs travaux habituels. Quant au danger de se trouver forcés à écouter des ouvrages trop peu dignes de leur attention, ils vont bientôt reconnaître que je me suis occupé de les en garantir.

PROJET

DE L'ORGANISATION ET DES FONCTIONS

D'UN

TRIBUNAL LITTÉRAIRE

A instituer pour l'examen et le jugement des Tragédies, Comédies et Drames, que les auteurs aspireront à faire représenter sur l'un ou l'autre des deux Théâtres Français de la Capitale.

ARTICLE PREMIER.

LE Tribunal sera composé de vingt-quatre membres, dont vingt-un en exercice permanent de juges, et trois faisant habituellement les fonctions de secrétaires, lesquels suppléeront accidentellement les juges absens.

II. Les uns et les autres seront hommes de lettres et connus par un ouvrage, tout au moins de littérature agréable; mais, pour qu'ils soient à l'abri de tout soupçon d'intérêt personnel, il faudra qu'aucun d'eux n'ait donné depuis dix ans une seule pièce à aucun des deux théâtres français.

III. Parmi les vingt-un membres en exercice

permanent de juges, il y en aura trois tirés de la classe de littérature de l'Institut.

IV. Il y aura deux employés attachés au tribunal, l'un pour remplir les fonctions de caissier et de secrétaire dans la partie administrative; l'autre, pour remplir celles d'homme de service ou garçon de bureau.

V. Le tribunal sera divisé en trois comités, chacun composé de sept membres-juges et d'un secrétaire, et présidé par l'un des trois membres tirés de l'Institut.

VI. Chacun des trois comités tiendra ses séances deux fois par semaine, à des jours différens, savoir : l'un, le lundi et le jeudi ; un autre le mardi et le vendredi ; et l'autre le mercredi et le samedi.

VII. Afin que les auteurs ne puissent prévoir par quels membres ils seront jugés dans le comité où ils se seront fait inscrire pour être entendus à l'époque éventuelle de leur numéro d'inscription, quatre des membres de chaque comité sortiront de celui dans lequel ils auront siégé deux semaines de suite, et seront répartis deux à deux dans chacun des deux autres comités, selon l'ordre invariable qui sera établi à cet égard.

VIII. Les séances seront de quatre heures, et commenceront à onze heures ou onze heures et demie au plus tard. Ceux des sept membres-juges qui ne seront pas rendus dans le lieu de leur comité à la demie précise , perdront leur droit de présence de ce jour là qui sera dévolu à leur remplaçant.

IX. Les trois membres faisant habituellement les fonctions de secrétaires seront tenus d'être présens, non seulement à l'ouverture des séances du comité auquel ils seront actuellement attachés en cette qualité , mais encore à celle des séances de chacun des deux autres , afin de pouvoir y remplacer les membres-juges qui se trouveraient absens.

X. Si c'était le président qui se trouvât absent, il ne pourrait être remplacé au fauteuil que par le doyen d'âge des membres-juges présens, lequel percevrait le droit de présence du président , et serait remplacé sur son siége par l'un des secrétaires.

XI. S'il se trouvait deux remplaçans disponibles pour un seul absent, ce serait le plus âgé des deux qui serait préféré : mais , si les deux secrétaires des comités non séants ne suffisaient pas pour remplacer tous les juges absens , le secrétaire du comité séant servirait de troisième remplaçant , tout en faisant les fonctions de secrétaire , afin que le nombre des opinans soit toujours de sept , autant qu'il sera possible. Cependant, les lectures auront lieu lorsqu'il ne s'en trouvera que six et même cinq seulement, mais jamais au-dessous.

XII. Si le secrétaire du comité séant ne se trouvait pas à l'ouverture de la séance , il perdrait son droit de présence de ce jour-là , lequel serait dévolu à celui des deux autres secrétaires qui le remplacerait.

XIII. Les secrétaires des comités non séants , s'ils ne sont pas appelés à remplacer quelqu'absent du comité séant , n'auront à prétendre aucun droit de présence pour ce jour-là , et ils seront libres de se retirer ou de rester , si bon leur semble , à titre d'auditeurs bénévoles : mais , s'ils ne se trouvaient pas à l'ouverture du comité séant , ils seraient pointés sur le registre des appels nominaux, et subiraient à la fin du mois la diminution de leur droit de présence d'un jour , pour chaque manquement qu'ils ne seraient pas en état de justifier d'une manière satisfaisante.

XIV. Sur les quatre heures que durera chaque séance , les trois premières heures et demie seront consacrées aux lectures qui n'excéderont jamais cinq actes , et ne seront jamais de moins de trois , ainsi qu'aux jugemens sur ce qui aura été lu , et à la rédaction desdits jugemens , lesquels seront transcrits sur un registre à cela destiné , et la dernière demi-heure sera employée aux délibérations et aux opérations relatives au maintien des réglemens , telles que la vérification et contrôle des registres, etc.

XV. Le secrétaire du comité séant continuera à tenir le bureau une demi-heure après la séance levée , pour remettre aux auteurs qui l'auront

requis, les expéditions des jugemens portés sur
leurs pièces lues devant ledit comité huit jours
ou plus auparavant, et pour remplir conjointe-
ment avec les auteurs aspirant à être entendus
par le même comité, les formalités qui vont être
prescrites par les deux articles suivans.

XVI. Les auteurs qui voudront prendre leur
rang pour être entendus par l'un des comités,
s'y présenteront un des jours de ses séances, à
trois heures et demie précises, et remettront au
secrétaire une note énonçant, 1º. le titre et le
genre de leur pièce, le nombre des actes et la
forme du style, c'est-à-dire, prose ou vers ;
2º. tous les personnages de la pièce avec leurs
qualités distinctives, le lieu de la scène ; les
personnages de chaque scène séparément, depuis
et compris la première jusqu'à la dernière inclu-
sivement ; 3º. son nom et son adresse, ou, s'il
veut garder l'anonyme, une adresse quelconque,
à laquelle, sous des lettres initiales à son choix,
il desire que le secrétaire lui fasse parvenir, au
moins quatre jours d'avance, l'avis de celui où
son numéro d'inscription lui donnera droit d'être
entendu par le comité.

XVII. Le secrétaire inscrira sur un registre
destiné à cet usage, tout ce que contient le
primo ci-dessus, et il remettra à l'auteur une
carte de lecture portant en tête : *Tribunal dramatique*, sur laquelle il spécifiera, 1º. les jours
des séances du comité ; 2º. le numéro d'inscrip-

tion de l'ouvrage ; 3º. le titre et le genre de l'ouvrage , ainsi que le nombre des actes en prose ou en vers qu'il contient.

XVIII. Pour chaque pièce que le secrétaire aura enregistrée comme il vient d'être dit , il formera sans délai sept cahiers contenant chacun une page de plus que la pièce ne contiendra de scènes. Sur la première de ces pages qui sera blanche , il inscrira le titre et le genre de la pièce , ainsi que le nombre des actes en prose ou en vers qu'elle contiendra , et le nom de tous les personnages avec leurs qualités distinctives ; les autres pages qui seront préparées d'avance porteront , dans une colonne du tiers de leur largeur , l'énoncé des points sur lesquels les membres opinans devront émettre leurs différentes opinions (*voyez* les deux dernières pages avant le présent projet) , et les autres deux tiers de pages seront pour recevoir lesdites opinions.

XIX. L'auteur qui ne pourra se rendre au jour qui lui sera marqué (*voyez* art. XVI) , sera tenu de le faire savoir au secrétaire, dans les vingt-quatre heures qui suivront la réception de l'avis , et il aura le droit d'indiquer lui-même quel jour pareil d'une des semaines suivantes le comité peut compter sur lui ; mais , s'il diffère au - delà des vingt-quatre heures , à faire parvenir cette réponse , ou s'il manque à tenir l'engagement que lui - même il aura contracté , sa carte de

lecture deviendra de nulle valeur ; l'inscription
de son ouvrage sera biffée au registre ; et , pour
obtenir unenouvelle carte , il sera obligé de venir
rapporter l'ancienne , en se faisant inscrire comme
la première fois.

XX. Les secrétaires auront soin d'expédier ,
dans l'après-midi de chaque jour des séances de
leurs comités , les lettres d'avis pour le pareil
jour de la semaine suivante , afin qu'elles parviennent aux auteurs le lendemain avant midi ;
et si , dans toute la journée du surlendemain ,
ils n'en reçoivent pas de réponse , ils tiendront
l'auteur pour engagé ; mais si dans ledit terme ,
il reçoit un refus de la part de l'auteur , il se hâ-
tera d'avertir de la même manière l'auteur ou
les auteurs (1) à qui leurs numéros donneront
droit de passer après le refusant , et , si ces derniers avertis ne peuvent user de ce droit , ils
devront mettre la même diligence que le premier
à faire savoir qu'on ne doit pas compter sur eux ,
en indiquant également le jour pareil de l'une
des semaines suivantes , auquel ils s'engagent à se
rendre au comité.

XXI. Chaque comité réuni à son jour et heure

---

(1) On dit, *l'auteur ou les auteurs,* parce que chaque comité
devant entendre au moins trois actes par séance , si le premier
numéro ayant droit n'appartient qu'à une pièce en un ou
deux actes, il restera le temps suffisant pour en entendre une
seconde en un, ou en deux, ou même en trois actes.

ordinaire, fera appeler en dehors, par le garçon de bureau, les numéros des auteurs qui auront droit d'être admis; et si aucun d'eux ne se présente, le comité emploiera sa séance à tel travail réglementaire ou autre qu'il jugera convenable (*voyez* l'art. XIV), sinon il se séparera.

XXII. L'auteur qui répondra à l'appel de son numéro, sera aussitôt introduit dans la salle des séances du comité, ou seul, ou avec la personne qu'il aurait amenée avec lui pour lire sa pièce, s'il ne pouvait ou ne voulait pas le faire lui-même; et l'un des deux ayant pris la place assignée aux lecteurs, la lecture commencera dès que le secrétaire aura distribué aux membres opinans les cahiers préparés pour cette lecture, ainsi qu'il a été exposé dans l'article XVIII.

XXIII. Pendant la lecture de chaque scène, chacun des membres opinans ayant sous les yeux la page du cahier portant en tête le numéro et les personnages de cette scène-là, dès qu'il se sentira frappé par quelque beauté ou par quelque défaut, il se bornera, pour ne pas perdre le fil de la lecture, à faire avec un crayon un signe approbatif ou réprobatif sur la ligne de l'objet auquel se rapportera son approbation ou son blâme (*voyez* l'article XVIII); mais, à la fin de chaque scène, le lecteur ayant annoncé la suivante, s'arrêtera, et alors les membres opinans s'occuperont d'énoncer, avec plus de précision, les diverses opinions qui leur auront donné lieu de faire les signes approbatifs ou réprobatifs ci-dessus. Le président, après avoir terminé ce petit travail pour son compte, s'assurera si tous les autres membres opinans ont également fini, et alors il autorisera le lecteur à continuer.

XXIV. Si l'ouvrage paraissait d'une conception ou d'une exécution trop mauvaise pour mériter d'être écouté du moins jusqu'à la fin de l'acte commencé, le président consulterait des yeux les autres membres opinans, dont chacun lui ayant répondu par l'un des signes convenus pour *oui* et pour *non*, il connaîtrait si la majorité est pour la cessation immédiate de la lecture ; et, dans ce cas, il ferait signe au secrétaire d'imposer silence au lecteur, et de lui déclarer que le comité desire qu'il passe pour quelques instans dans une salle intérieure qu'on lui ouvrirait, et où l'auteur, si ce n'était pas lui-même qui eût lu, l'accompagnerait. Peu de temps après, le secrétaire irait les y trouver, leur signifierait, le plus poliment possible, la décision mortifiante du comité, et leur procurerait la sortie, sans qu'ils fussent obligés de repasser au milieu des personnes qui se trouveraient dans la salle d'entrée. Si l'auteur demandait une expédition du jugement porté contre sa pièce d'après le seul début, on le remettrait à la huitaine (*voyez* l'article XV), et le secrétaire aurait soin de la tenir prête pour ce terme.

XXV. Quoique l'ouvrage n'eût pas choqué par

des défauts d'un genre à faire élever la question de la cessation de la lecture , et quand même il aurait déjà accaparé tous les suffrages par ses beautés , l'auteur , avec son lecteur , s'il en avait un , serait toujours obligé de passer après chaque acte dans la salle intérieure , en déposant son manuscrit sur le bureau du président , pour que chaque membre opinant puisse vérifier les différens passages sur lesquels il aura porté un jugement quelconque ; et , ce travail fini , lequel on conçoit aisément ne devoir guère employer qu'un quart-d'heure au plus , si la cessation de la lecture n'a pas été prononcée , on rappellera l'auteur qui lira aussitôt ou fera lire l'acte suivant , puis sortira de nouveau , et toujours ainsi jusqu'à ce que la pièce soit achevée de lire ou jugée indigne d'être entendue en entier.

Observation. « On voit que le réglement énoncé
» dans les deux articles ci-dessus , garantit suffi-
» samment le comité du danger de perdre trop de
» temps à entendre des ouvrages extravagans ou
» d'un ridicule intolérable ; et je présume que
» l'urbanité dont chacun des membres se com-
» plaira à donner des preuves , ne leur permet-
» tra d'user du droit que ce réglement leur attri-
» bue , qu'autant que l'auteur se trouverait avoir
» lui-même étrangement abusé de celui de requé-
» rir l'attention du comité. »

XXVI. Le dernier acte étant lu , et l'auteur , ainsi que les membres opinans , s'étant conformés a tout ce qui vient d'être prescrit par l'article précédent , ces derniers remettront leurs cahiers au secrétaire qui fera le relevé de toutes les perfections et imperfections que l'on aura cru reconnaître dans les différentes parties constituantes de la pièce, ainsi que dans les différens objets déterminés par le code pour devoir être pris en considération. Or , comme il a été dit (*voyez* la dernière page avant le présent projet), que ces perfections et ces imperfections ont dû être classées dans un ordre analogue à leur plus ou moins d'importance , et au plus ou moins de difficulté d'atteindre les unes et d'éviter les autres , celles de première classe seront évaluées trois points favorables ou défavorables ; celles de seconde , deux ; celles de troisième , un seulement ; et , selon que la somme des points d'une espèce surpassera la somme de ceux de l'autre , la pièce sera ou refusée , ou reçue sauf corrections , ou admise à la représentation. Les rédacteurs du code auront dû y déterminer les différens degrés de cette balance qui devront opérer ces différens effets.

OBSERVATION. « Comme il serait possible qu'une
» pièce , quoiqu'ayant atteint le degré de cette
» balance d'où résulterait rigoureusement l'ad-
» mission à la représentation , péchât toutefois
» par des défauts assez considérables pour lais-
» ser des doutes sur son succès , je pense qu'il
» serait prudent que cette admission fût encore

(39)

» soumise à une délibération du comité , et que,
» si elle n'était pas confirmée par la majorité des
» suffrages , elle fût réduite à une simple récep-
» tion sauf corrections. »

XXVII. Les expéditions des jugemens que l'on
délivrera , ainsi qu'il a été dit dans l'art. XV , aux
auteurs qui les demanderont , ne se borneront
pas à la seule décision définitive de refus , de
réception sauf corrections , ou d'admission à
représentation , elles devront offrir en outre le
relevé des opinions que chaque membre aura
émis scène par scène ; de sorte que l'auteur y
verra , par exemple , que dans la première scène ,
un membre a jugé telle inversion forcée , ou
telle construction amphibologique , ou telle rime
insuffisante ; qu'un autre membre y a trouvé
tel caractère bien tracé ; que dans la scène suivante où l'exposition a été achevée , un membre
l'a trouvée claire ; qu'un autre l'a trouvée trop
longue ; que trois membres ont jugé le sujet trop
compliqué , et deux autres peu vraisemblable ,
ou n'excitant point assez d'intérêt d'affection
ou de curiosité ; que , dans la scène d'après , un
membre n'a pas trouvé l'entrée ou la sortie de
tel personnage suffisamment motivée ; que quatre ont trouvé telle situation peu convenable au
genre de la pièce ; que tant de membres ont té-
moigné leur satisfaction sur la manière dont telle
scène était traitée , etc. , etc. , etc.

Observation. « On conçoit qu'éclairé par cette

» espèce de procès-verbal , l'auteur d'une pièce
» reçue sauf corrections ou même refusée , s'il
» se sent la volonté et les moyens de la rendre
» plus propre à obtenir l'approbation complète
» du comité , saura quels endroits il devra retou-
» cher ou supprimer , et quels défauts il devra
» s'attacher à faire disparaître. »

XXVIII. L'auteur d'une pièce refusée , si toutefois elle a été entendue jusqu'à la fin , aura , non
moins que celui d'une autre reçue sauf corrections , le droit de la représenter au même comité ,
après y avoir fait les changemens qu'il aura jugés convenables , avec cette seule différence que
lorsqu'il aura fait lesdits changemens , il sera
obligé , pour obtenir une nouvelle lecture , de
venir prendre son rang de même que pour la
première , et de déclarer que sa pièce a déjà été
refusée dans la séance de tel jour , en conséquence de quoi il ne pourra être entendu de nouveau que selon l'ordre de son numéro , et seulement un des jours où le même comité se retrou-
vera composé des mêmes membres que lorsqu'il
a été entendu la première fois ; ce qui , d'après
les mutations d'un comité dans les deux autres
qui sont prescrites par l'article VII , ne se ren-
contrera que de six en six semaines ; au lieu que
l'auteur d'une pièce reçue , sauf corrections ,
pourra , à l'instant même qu'on lui notifiera la
décision du comité , déterminer dans laquelle
des réunions pareilles , et non encore retenues

de ce même comité , il desire relire son ouvrage ;
et ce jour-là , il passera devant tout autre pré-
tendant.

Observation. « Comme il y aura vraisembla-
» blement fort peu de pièces admises dès la
» première fois à la représentation , les préten-
« dans à une seconde lecture ne tarderont pas à se
» trouver à peu près en aussi grand nombre que
» les prétendans à une première : or , pour éviter
» la concurrence qui en résultera , il serait peut-
» être convenable alors que chaque comité con-
» sacrât la première de ses séances de chaque se-
» maine aux premières lectures seulement et la
» dernière aux secondes. A ce moyen , la concur-
» rence n'aurait plus lieu qu'entre les auteurs
» de pièces reçues sauf corrections , et ceux de
» pièces refusées : mais la plupart de ces der-
» niers devant naturellement se sentir effrayés
» des changemens qu'ils auraient à faire à leurs
» ouvrages , il s'en présentera nécessairement
» beaucoup moins que des premiers pour être
» entendus une seconde fois ; de sorte que les
» secondes séances qui n'auront pas été retenues
» par ces premiers , suffiront pour admettre suc-
» cessivement, selon l'ordre de leurs numéros ,
» ceux de ces derniers qui voudront subir une
» nouvelle épreuve. »

XXIX. Avant qu'une seconde lecture commence , le secrétaire du comité rendra à chacun
des membres le cahier sur lequel il avait consi-

gné ses opinions lors de la première, afin qu'il puisse reconnaître jusqu'à quel point l'auteur aura réussi à corriger du moins les plus graves d'entre les défauts qui avaient été remarqués, ou s'il ne leur en a pas substitué d'autres plus graves encore, et chaque membre inscrira avec une encre différente de celle de la première fois, les nouvelles opinions qu'il formera, ayant soin de biffer celles des précédentes auxquelles il jugera que l'auteur a eu suffisamment égard. Du reste, les membres opinans, le secrétaire et l'auteur observeront aux secondes lectures les mêmes formalités qu'aux premières : mais les pièces qui, aux premières, avoient été reçues sauf corrections, devront être aux secondes, ou admises sans autre épreuve à la représentation, ou définitiment refusées, et celles qui avoient été refusées pourront, ou l'être une seconde fois pour toujours, ou reçues sauf corrections, ou admises à la représentation.

XXX. Le local des séances des comités sera celui que le Gouvernement jugera à propos de lui accorder, en voulant bien avoir égard aux différentes opérations littéraires et administratives du tribunal, et notamment au ménagement indiqué dans l'article XXIV, pour l'amour-propre des auteurs dont les ouvrages n'auraient pas été écoutés jusqu'à la fin.

XXXI. Le secrétaire-caissier et l'homme de service du tribunal auront leur logement gratuit dans le bâtiment où sera le local des séances. Les appointemens du premier seront de 1500 fr., et les gages du dernier de 800 fr. Si l'on ne pouvait leur donner un logement convenable dans ledit local, on leur accorderait, pour cet objet, une indemnité, savoir : de 300 fr. à l'un et de 150 fr. à l'autre.

XXXII. Les droits de présence des membres du tribunal consisteront en jetons d'argent chacun de la valeur intrinsèque de 2 fr. 50 cent. Les présidens en recevront trois par séance ; les membres-juges deux ; et les secrétaires un seul.

XXXIII. Indépendamment des droits de présence déterminés par l'article précédent, chaque membre jouira personnellement de la grande entrée aux deux théâtres Français, tous les jours de l'année sans exception ; et, de plus, l'administration de chacun des deux théâtres fera remettre tous les matins au tribunal, un billet de grande entrée pour deux personnes, lequel sera à la disposition de l'un des membres autant de fois sur quarante-huit jours qu'il reçoit de jetons par séance : ainsi, chaque président en disposera de seize en seize jours ; chaque juge de vingt-quatre en vingt-quatre ; et chaque secrétaire un jour seulement sur quarante-huit.

XXXIV. Le secrétaire-caissier jouira aussi, personnellement et sans exception, de la grande entrée aux deux théâtres ; mais n'aura aucun droit à la disposition des billets mentionnés dans l'article précédent.

XXXV. Pour fournir aux droits de présence des membres du tribunal et à tous les frais de son administration, chaque auteur, en recevant sa carte de lecture (*voyez* l'art. XVII) paiera 5 fr. à titre de droit d'enregistrement, plus 2 fr. pour chaque acte de sa pièce, comme indemnité des cahiers à fournir (*voyez* l'art. XVIII) aux membres du comité ; et il sera en outre prélevé sur les parts d'auteurs, à chaque représentation dans toute l'étendue de l'Empire, des pièces admises par le tribunal, une portion quelconque qui ne saurait être déterminée que par un travail dont il est inutile de s'occuper avant que le présent projet soit agréé ; ledit prélèvement double sur les ouvrages en prose, en considération de leur plus grande facilité. De plus, le tribunal fera imprimer sa constitution ainsi que son Code, et en fera vendre les exemplaires à son profit.

XXXVI. Les auteurs des pièces refusées qui, après y avoir fait les changemens qu'ils auront jugés convenables, voudront en obtenir une nouvelle lecture devant le comité, paieront les mêmes droits que pour la première, et il en sera de même des auteurs qui auront laissé tomber leurs cartes de lecture en non-valeur ; mais ceux des pièces reçues sauf corrections, ne paieront que les 5 fr. pour le droit d'enregistrement.

XXXVII. Les administrations des deux théâtres

Français avanceront les sommes nécessaires pour l'établissement du tribunal , et même pour ses dépenses courantes , jusqu'à ce que les produits indiqués dans l'article précédent , puissent y suffire (1) , et elles seront remboursées de leurs avances à mesure que lesdits produits monteront assez haut pour laisser des fonds disponibles.

XXXVIII. Dès que les avances faites par les administrations des deux théâtres se trouveront remboursées , les membres du tribunal, pour s'indemniser du temps et du travail que leur aura coûté la rédaction du Code , sans qu'ils aient touché aucun droit de présence aux assemblées tenues à cet effet , s'attribueront sur les premiers fonds disponibles , une somme de 4800 fr. , qu'ils répartiront comme suit, savoir : 300 fr. à chaque président ; 200 à chaque membre-juge , et 100 à chaque secrétaire ; puis, lorsqu'il se trouvera des fonds de surplus, ils s'assigneront des honoraires , à dater du jour où ils auront rendu leur premier jugement, et dont le *maximum* sera pour chaque année le double de l'indemnité ci-dessus.

XXXIX. Lorsqu'après les remboursemens opé-

---

(1) Ces avances ne pouvant guère s'élever au-dessus de 10 à 1200 fr. , dont l'administration du grand théâtre fournirait les deux tiers , et celle du petit théâtre l'autre tiers , ce ne serait assurément pas un déboursé fort onéreux pour l'une ni pour l'autre , et d'autant moins qu'on ne le leur demanderait pas tout à la fois.

rés envers les administrations des deux théâtres, tous les frais de l'année payés , l'indemnité susdite et les honoraires des membres acquittés , il se trouvera quelques sommes de reste en caisse , les membres du tribunal en décréteront un emploi utile ou honorable pour l'art dramatique , tels seraient des actes de bienfaisance en faveur d'auteurs dramatiques ou de comédiens qui se trouveraient dans l'infortune.

XL *et dernier.* A la retraite ou à la mort de quelque membre du tribunal, les autres lui nommeront un successeur à la majorité des suffrages, bien entendu que ce sera toujours un des secrétaires qui succédera à un membre-juge, et un membre de la classe de littérature de l'Institut qui sera choisi pour remplir la place vacante d'un président ; et en observant de plus qu'à la première vacance de place de juges , le choix sera entre les trois secrétaires ; qu'à la seconde il ne sera qu'entre les deux anciens , et qu'à la troisième celui qui n'aura pas obtenu la préférence lors des deux premières , sera promu de plein droit. On pourrait encore , pour éviter les mécontentemens et les jalousies , établir de primeabord que ce sera toujours le doyen d'âge des trois secrétaires qui passera à la place vacante de juge.

Tel est le projet de l'organisation et des fonctions d'un tribunal dramatique que j'ai cru devoir tracer , non comme un modèle à suivre en toutes ses parties , mais comme un exposé méthodique de toutes les considérations que , selon moi , l'on ne devrait pas perdre de vue , si le Gouvernement se décidait à ordonner un établissement de ce genre.

Cet ordre du Gouvernement serait nécessairement accompagné d'une injonction aux administrations des deux théâtres , de ne plus recevoir d'autres pièces nouvelles que celles admises à la représentation par l'un des comités du tribunal , et de prendre les mesures convenables pour en monter chaque année un nombre proportionné à celui des sujets dont leurs troupes sont composées. Telles qu'elles le sont aujourd'hui , on peut présumer que , sans trop se fatiguer , chacune d'elles pourrait en offrir par an au public huit en cinq actes ou l'équivalent en pièces de moins longue haleine (1); et , si l'on suppose que ce juge en dernier ressort n'en agréerait que la moitié , ce serait encore une augmentation annuelle assez considérable de leurs répertoires , pour les mettre progressivement en état d'écarter pour toujours les pièces anciennes du troisième ordre et au-dessous (2) , et de ne reproduire celles

---

(1) C'est à peu près ce à quoi les oblige le nouveau réglement.

(2) J'appelle pièces anciennes toutes celles qui sont antérieures à la dernière moitié du siècle dernier.

du premier et du second qu'à des intervalles propres à leur redonner quelque peu du charme
de la nouveauté (1). Il ne resterait plus qu'à
prescrire à ces administrations la proportion
qu'elles devraient observer entre les représentations des pièces dont le produit leur appartient
en entier, de celles qui, reçues avant l'établissement du tribunal, sont sujettes à la redevance
d'une part d'auteur, et de celles qui, admises
par le tribunal, seraient grevées de la même redevance.

L'équité semble exiger que les pièces admises
par le tribunal, et sur lesquelles il retiendrait
une portion de la part des auteurs, soient jouées
plus souvent que les autres, et la nécessité de
fournir aux dépenses du tribunal suffirait seule
pour leur obtenir quelque préférence. Supposant donc que l'on joué sur chacun des deux
théâtres six actes par jour, ce qui est un terme
moyen assez juste, le total pour chaque semaine
serait quarante-deux actes, dont il conviendrait
de prendre douze dans chacune des deux pre-

______

(1) Le théâtre de l'Odéon, dont le répertoire est bien
moins riche en pièces du bon genre, ne devrait pas se hâter
de renoncer aux anciennes : mais, quelle heureuse régénération y opérerait une affluence de pièces nouvelles rappelant la
bonne école, en le forçant à se purger de ces drames *aisés*
dont, au mépris du rang de second théâtre national auquel
il était appelé, la soif de quelques recettes plus abondantes
l'a porté à s'infecter.

mières classes, et dix-huit dans la dernière. Il y aurait encore une autre manière de faire cette répartition : ce serait de consacrer deux jours de la semaine aux pièces de la première classe, deux autres à celles de la seconde, et les trois autres à celles de la troisième. Cette dernière manière serait même préférable, eu égard à l'arrangement qui va être proposé ci-après.

Les pièces que le public agréerait parmi celles que le tribunal aurait admises à lui être offertes, ne pouvant, dans les premières années, varier suffisamment les dix-huit actes qu'il aurait le droit de faire jouer dans le courant de chaque semaine, ou autrement, ce petit nombre de pièces ne pouvant employer les trois jours de la semaine qui leur seraient consacrés, le tribunal céderait aux pièces des autres classes, les jours que celles de la sienne laisseraient vacants, et il percevrait ces jours-là la moitié de la redevance qu'il aurait perçue sur les pièces par lui admises.

Etant très-important de ne négliger aucun moyen de mettre, le plutôt possible, les recettes du tribunal au niveau de ses dépenses courantes, et même de ses engagemens envers les administrations des deux théâtres, il faudrait que son prélévement sur les pièces par lui admises, fût plus fort la première année que la seconde, la seconde que la troisième, et la troisième que la

quatrième , laquelle devrait se trouver au taux
fixé pour toutes les suivantes.

Il y aurait sans doute beaucoup d'autres moyens
de donner à un pareil établissement toute la per-
fection dont il serait susceptible ; mais je crain-
drais , en les exposant ici , de fatiguer des lecteurs que les détails n'intéressent que médiocre-
ment , lorsque l'objet principal n'est encore qu'en
projet , et je crois d'ailleurs que l'on peut s'en
reposer sur le zèle et l'intelligence des personnes
qui seraient chargées de le réaliser , si , comme
tant d'autres *projetistes*, je n'ai pas prêché dans
le désert.

Mon intention était , en commençant cet écrit ,
d'y traiter quelques autres points presque aussi
intéressans pour l'art dramatique ; mais je fais
réflexion qu'il n'est pas prudent de hasarder
toutes ses richesses dans la même nacelle; et
c'est ce qui me détermine à faire partir celle-ci
avec sa légère cargaison.

CONCLUSION.

J'ai prouvé, par des faits incontestables, que
l'art dramatique , et même le goût du public à
son égard , ont dégénéré en France à un degré
déjà voisin d'une ruine complète ; j'en ai dé-
noncé la principale cause , et j'en ai indiqué,
comme remède le plus efficace , l'établissement
d'un tribunal dont les décisions seraient réglées

par un code, ou soit par une poétique des trois
genres sur lesquels il aurait à prononcer ; enfin,
j'ai cru devoir tracer un plan assez circonstancié
de cet établissement, pour démontrer non-seu-
ment qu'il est possible, mais qu'il serait même
d'une exécution très-facile, dès que le Gouvernement auquel il n'occasionnerait aucune dé-
pense, jugerait à propos de lui donner sa sanc-
tion et de l'appuyer de son autorité : maintenant, quel lecteur judicieux ne sentira pas qu'en
soumettant les auteurs dramatiques à un examen
fondé sur les principes de l'art, il les obligerait
à s'y conformer de toute l'étendue de leurs
moyens ; qu'il garantirait les bons ouvrages d'être
condamnés à l'obscurité par la jalousie ombra-
geuse, le vil intérêt ou la présomptueuse igno-
rance ; qu'il assurerait au public un nombre de
nouveautés suffisant pour satisfaire sa curiosité,
sans risquer de corrompre son goût ; en un mot,
qu'il ne tarderait pas à relever la gloire du
Théâtre français, en lui rendant la primauté
que dans les siècles précédens il avait acquise
sur tous les théâtres étrangers ? Je n'ai donc plus
rien à souhaiter, sinon que dans le nombre de
mes lecteurs, il s'en rencontre un seul qui, aussi
bien intentionné que convaincu, soit constitué
de manière à procurer l'accomplissement de ce
que je n'ai pu que proposer.

FIN.